Uległa Żona

Eriki Sanders
Seria
Dominacja i erotyczna uległość

1

Streszczenie

Rachel i Roger są normalną parą, która jest małżeństwem od dwudziestu lat.

Ich dzieci są już na studiach, więc mieszkają same w domu.

Jednak mąż nie jest usatysfakcjonowany ich relacjami seksualnymi, uważa je za nudne, dlatego decyduje, że powinny zasięgnąć porady bardzo konkretnego doradcy małżeńskiego.

Kim jest ten doradca małżeński, którego Roger szczególnie poleca swojej żonie, aby ulepszyła jej... techniki seksualne?

Uległa Żona to powieść z dużą zawartością erotyczną BDSM i z kolei nowa powieść należąca do zbioru Erotic Domination, serii powieści o dużej zawartości romantycznej i erotycznej BDSM.

(Wszystkie postacie mają ukończone 18 lat)

Uwaga o autorze:

Erika Sanders to pisarka o międzynarodowej sławie, tłumaczona na ponad dwadzieścia języków, która swoje najbardziej erotyczne teksty, odbiegające od zwykłej prozy, podpisuje panieńskim nazwiskiem.

Indeks

ULEGŁA ŻONA
ERIKA SANDERS

CZĘŚĆ PIERWSZA:
20 lat małżeństwa

ROZDZIAŁ 1

To był kolejny wieczór nijakiego seksu.

Ale żadne z nich nie narzekało.

Po 20 latach małżeństwa seks stał się bardziej rutyną niż czymkolwiek innym.

Rachel wróciła do łóżka, umywszy się między nogami.

Zgasiła światło, schowała się pod kołdrę i położyła się obok męża.

„To było cudowne" – powiedział.

„Tak było" – odpowiedział Roger. – Trochę lepiej, odkąd chłopaki poszli do college'u, prawda?

Szturchnęła go łokciem.

– Co za okropna rzecz mówisz.

„Ale musisz przyznać, że dobrze, że nie musimy już milczeć. I możemy zostawić drzwi otwarte".

Rachel zastanawiała się przez chwilę.

– Chyba tak. Ale nadal bardzo za nimi tęsknię.

"Ja też."

Zamknęła oczy.

"Dobranoc."

– Dobranoc, kochanie – odpowiedział, całując ją w czoło.

ROZDZIAŁ 2

Następny dzień był dla Rachel typowym dniem pracy.

Była księgową w firmie księgowej średniego szczebla.

W związku z niedawnym rozwojem gospodarczym w centrum miasta, miał dużo pracy dla nowych klientów.

Podczas lunchu jadła z tą samą grupą kobiet, u których jadła przez ostatnie kilka lat.

Rozmawiali na swoje zwykłe tematy: plotki, wiadomości rozrywkowe, rodzina, dzieci, nowe przepisy itp.

Wszyscy byli najlepszymi przyjaciółmi i zawsze lubili swoje towarzystwo.

Kiedy Rachel wróciła do domu, była prawie szósta po południu.

Samochód Rogera stał już na podjeździe.

Kiedy wszedł do domu, było wyjątkowo cicho.

Roger zwykł szybko mówić „cześć".

Zadzwoniła do niego, ale nie otrzymała odpowiedzi.

Kiedy Rachel weszła do kuchni, para ramion owinęła się wokół jej ciała od tyłu.

Dłonie lubieżnie dotknęły jego piersi.

Krzyknęła głośno.

"W porządku!" - powiedział, puszczając ją. „To ja! To ja!"

Szybko się odwrócił i zobaczył oszołomiony wyraz twarzy Rogera.

Najwyraźniej nie spodziewał się, że jego żona tak zareaguje.

„Boże! Roger! Nigdy więcej mnie tak nie strasz!"

„Chciałem cię zaskoczyć".

– Jak to była niespodzianka? była wściekła. „Przestraszyłeś mnie w świetle dziennym. Myślałem, że mnie zaatakowano!"

„Przepraszam. Chciałem tylko zachować się romantycznie".

„Nie ma nic romantycznego w byciu dotykanym w ten sposób".

„Przepraszam. Nie zrobię tego ponownie".

Rachel potrzebowała chwili, żeby się uspokoić.

„Nie chciałem się tak wściekać. Po prostu proszę, uważaj na swoje niespodzianki, dobrze?"

„Nigdy się już nie bawimy. Zauważyłeś?"

– Proszę, Roger, nie mam teraz na to nastroju.

– OK – skinął głową ze zrezygnowaniem.

Rachel odwróciła się i poszła do sypialni, żeby się przebrać.

Usiadł na łóżku i westchnął.

ROZDZIAŁ 3

Następnego dnia.

Rachel siedziała przed komputerem i zajmowała się księgowością.

Zadzwonił telefon.

To był jej mąż.

Odebrała telefon, a kiedy Roger powiedział jej, że to ważne, kazała mu chwilę poczekać, aż wyjdzie na zewnątrz, aby zapewnić sobie więcej prywatności.

Zastanawiał się, czego może dotyczyć ten telefon.

Roger rzadko dzwonił, kiedy była w pracy.

Podejrzewał, że nie mogło to być spowodowane ich wczorajszą kłótnią, ponieważ naprawił to już tej samej nocy.

"Tak?" Powiedział, kiedy był na zewnątrz, z dala od innych współpracowników.

– Wybierzmy się na wycieczkę w przyszłym tygodniu – odpowiedział bez ogródek. „W pobliżu wybrzeża jest spokojne miejsce, do którego możemy pojechać".

„Naprawdę nie mogę. Moja praca jest teraz bardzo zajęta".

– U mnie też tak jest. Ale możemy zwolnić miejsce. Możemy wyjechać w przyszły piątek i zostać na weekend. Po prostu weź dzień wolny w pracy.

„Ale nie ma takiej potrzeby" – odpowiedziała, próbując przemówić mu do rozsądku. – Nie jestem na ciebie zły. Czy nie wyjaśniliśmy tego wczoraj wieczorem?

„Tu nie chodzi o wczoraj. Chodzi o nasze małżeństwo".

Te słowa wywołały całkowity szok w całym kręgosłupie, aż do stóp Rachel.

Zawsze zakładał, że ich małżeństwo jest mocne i że dał Rogerowi wszystko, czego kiedykolwiek pragnął od żony.

„Czy nasze małżeństwo ma kłopoty?" zapytała.

„Nie mów tak. Ale jest sposób, aby uczynić nasze małżeństwo... lepszym..."

Kolejny sygnał przeszedł jej po plecach.

– O co chodzi w tej podróży?

– Myślę, że jest ktoś, kto może nam pomóc.

– Doradca małżeński? zapytała zaskoczona.

Zatrzymał się na chwilę.

– Tak. Coś w tym rodzaju. Doradca małżeński.

„Nie radzimy sobie aż tak źle, prawda? Myślałem... myślałem..."

Głos Rachel stawał się coraz dławiący, a oczy łzawiły jej.

„Nie robimy nic złego" – odpowiedział, próbując ją uspokoić. „Ale myślę, że możemy się poprawić. Myślałem o tym od jakiegoś czasu".

„W porządku. Jeśli uważasz, że tak będzie najlepiej."

„Dzięki, kochanie. Przepraszam, że zadzwoniłam do ciebie do pracy. To sprawa złożona na ostatnią chwilę. Miała w swoim grafiku wolne terminy na ostatnią chwilę i chciała z tego skorzystać".

Rachel uniosła brwi.

„Ona? Czy doradca jest kobietą?"

"Tak."

„Co wiesz o tej osobie? Dlaczego musimy dla niego podróżować tak daleko?"

„Wyjaśnię to później. Ale ona ma wyjątkową reputację. I myślę, że zdziała dla nas cuda".

– Jeśli tego właśnie chcesz, w porządku.

„Cieszę się, że jesteś na to otwarty. Szczegóły omówimy dziś wieczorem".

– OK, do widzenia .

"PA pa."

Rozmowa się zakończyła, a Rachel była oszołomiona, trzymając telefon w dłoni.

Zrzucono na nią bombę, ale zdała sobie sprawę, że zrobi wszystko, co w jej mocy, aby utrzymać silne małżeństwo.

ROZDZIAŁ 4

Kilka dni później.

Rachel stała w pokoju, składając ubrania na następną podróż.

Wiedziała, że będzie gorąco, więc spakowała T-shirty, szorty, sandały i kostiumy kąpielowe, które Roger kazał jej zabrać, ponieważ będą blisko plaży.

Nie chciała jechać, nie tylko dlatego, że ten pomysł będzie ich kosztować tysiące dolarów, ale także dlatego, że musi spędzić dużo czasu w pracy, a ten stracony dzień będzie dniem, który będzie musiała nadrobić .

Ale jeśli to było najlepsze dla ich małżeństwa, nie chciała się o to kłócić.

Najbardziej niepokoiło go to, że Roger wypowiadał się niezwykle krótko i niejasno na temat poradnictwa małżeńskiego.

Przez wszystkie lata małżeństwa zawsze byli otwarci na wszystko.

Nigdy nie było tajemnic.

Nigdy nie było żadnych kłamstw.

Dlatego ich małżeństwo było tak udane.

Do teraz...

Dużo czasu spędziła na zastanawianiu się, dlaczego Roger chce udać się do terapeuty.

Co jest nie tak z naszym małżeństwem?

Myślałam, że wszystko jest w porządku.

Myślałam, że wszystko między nami jest idealne.

Czy to seks?

Czy nie jestem już wystarczająco dobry?

Czy chcesz kogoś innego?

Czy on ma romans?!

Walizka była prawie pełna.

Jedyne, co pozostało do spakowania, to kostium kąpielowy.

W jego szafie znajdowała się stara para.

Której nie nosiła od lat.

Rozebrał się przed lustrem.

Patrzyła na jego nagie ciało.

Delikatne zmarszczki na jego twarzy urosły.

Jej wcześniej bardzo jędrne piersi zaczęły opadać.

Jego biodra stawały się coraz grubsze pomimo ćwiczeń aerobowych.

Nic dziwnego, że Roger chce spotkać się z doradcą.

Założyła kostium kąpielowy i pozowała w nim przed lustrem.

To cię zadowoli.

W tym momencie Roger wyszedł ze swojego domowego biura i podszedł do Rachel z grymasem na twarzy.

"Co się dzieje?" – zapytała, wciąż w kostiumie kąpielowym.

„Właśnie rozmawiałem przez telefon z szefem. Jeden z naszych klientów właśnie dostał wielomilionowy pozew. Nie mogę już jechać na tę podróż".

Spojrzała mu w oczy i wiedziała, że Roger mówi prawdę.

Promień nadziei pojawił się w umyśle Rachel.

Cieszyła się, że podróż prawdopodobnie została odwołana.

„To niedobrze" – odpowiedziała. „Czy to oznacza, że podróż zostanie odwołana?"

„Nie ma sensu odwoływać całej podróży, bo zapłaciłem już za przelot i opiekę. Powinnaś jechać sama".

Była zaskoczona.

„Czy chcesz, abym spotkał się z doradcą małżeńskim na osobności? Jaki jest w tym sens?"

Westchnienie.

„Rachel, bardzo cię kocham. Kocham cię bardziej niż cokolwiek innego. Jesteś miłością mojego życia".

„O Boże, masz romans. Prawda? Jest ktoś inny, prawda?"

„Nie, to nic takiego" – powiedział z naciskiem. „Nigdy bym cię nie zdradził. Nigdy tego nie zrobiłem i nigdy nie zrobię".

„Więc co się dzieje? Przez ostatnie kilka dni bardzo wymijająco podchodziłeś do tej podróży. Nigdy wcześniej nie byłeś tak powściągliwy".

Westchnął ponownie i pokręcił głową.

„Przepraszam. Nie byłem z tobą całkowicie szczery. Chyba nie jestem tak odważny, jak myślałem".

"Powiedz mi co to jest?"

"Ufasz mi?"

„Oczywiście, że tak. Jeśli masz romans, po prostu daj mi znać. Możemy to rozwiązać".

„Nie mam romansu, Rachel. Ale myślę, że w naszym małżeństwie muszą nastąpić zmiany".

„Czy nie jestem już wystarczająco dobry?" zapytała.

„Przestań mówić takie rzeczy. Jesteś moją żoną. Kocham cię ponad wszystko."

– To dlaczego nie jesteś ze mną szczery? zażądał.

Potrząsnął głową.

„Staram się być szczery. Ale nie mogę. To nie jest łatwe. Zaufaj mi, chciałbym, żeby wszystko było łatwe".

– Już cię nie rozumiem, Roger.

Na jego twarzy pojawił się smutek.

„Czy możesz mi obiecać, że nadal pojedziesz? Wiem, że jest to trudne w ten sposób, ale nie prosiłabym, chyba że uznałabym, że to może pomóc ocalić nasze małżeństwo".

„Czy uważasz, że nasze małżeństwo wymaga ratowania?" – zapytała ze łzami w oczach.

„Proszę, nie utrudniaj tego bardziej, Rachel. Czy możesz obiecać, że pójdziesz sama? Chcę, żebyś spotkała się z doradcą i usłyszała, co ma do powiedzenia. Po prostu słuchaj, a jeśli ci się to nie spodoba, to wróć do domu . Proszę, błagam".

Łzy już płynęły jej po twarzy.
Rachel utonęła w nich i ledwo mogła mówić.
Następnie objęła męża ramionami i mocno go dusiła.
Nie zamierzała stracić małżeństwa, bez względu na cenę.

CZĘŚĆ DRUGA:
Lady Samanta i żona

27

ROZDZIAŁ 5

Rachel po opuszczeniu terminalu lotniska ze swoim bagażem zobaczyła dobrze ubranego mężczyznę.

Mężczyzna trzymał tabliczkę ze swoim imieniem i nazwiskiem.

Przeprowadzili rozmowę i potwierdzili tożsamość obojga.

Wsiadła do swojego luksusowego samochodu i wyruszyła w trzydziestominutową podróż, aż dotarli do celu.

Spodziewała się, że dotrze do biurowca.

Jednak ze zdziwieniem zauważył, że celem podróży był właściwie duży dom niedaleko plaży, który bardziej przypominał rezydencję.

Właścicielem tego miejsca był bardzo bogaty człowiek.

A właściciel zdecydowanie nie był przeciętnym doradcą małżeńskim.

Samochód zatrzymał się na podjeździe.

Kierowca podszedł do bagażnika, aby wyjąć bagaż.

W tym momencie frontowe drzwi rezydencji przy plaży otworzyły się i wyszła z nich wysoka, posągowa kobieta.

Wyglądała olśniewająco po trzydziestce, z długimi falowanymi włosami i ciałem modelki.

„Musisz być Rachel" – kobieta uśmiechnęła się. – Słyszałem o tobie wspaniałe rzeczy.

„To ja. A ty?"

„Samantha. Witaj w moim domu."

Obie kobiety serdecznie uścisnęły sobie dłonie.

„Co za piękne miejsce. Z pewnością nie spodziewałem się czegoś takiego."

„Większość ludzi tego nie robi. Szkoda, że twój mąż nie mógł przyjść".

– Czy znasz mojego męża? – zapytała Rachel.

„Dużo podróżuję z ojcem w interesach i widziałem twojego męża kilka razy. Ale o tym porozmawiamy później. Jestem pewien, że jesteś wyczerpany. Najpierw pokażę ci twój pokój".

Samanta poprowadziła Rachel i kierowcę po schodach wielkiej rezydencji do pokoju gościnnego.

Kierowca włożył bagaż do sypialni i wyszedł.

Rachel była w ciągłym zachwycie, patrząc na rezydencję.

Nie potrafiła policzyć, ile to wszystko będzie warte.

„Pozwolę ci wziąć prysznic i odpocząć" – powiedziała Samanta. „Ręczniki są w tej samej łazience. Przyjdź na plażę około szóstej wieczorem. Możemy razem obejrzeć zachód słońca i napić się soku ze świeżych owoców".

„To brzmi smakowicie".

Samanta uśmiechnęła się.

"Do zobaczenia".

ROZDZIAŁ 6

Rachel wzięła zimny prysznic i zrelaksowała się.

Pokój gościnny w jego domu był lepszy niż jakikolwiek pokój w jakimkolwiek luksusowym hotelu, w którym kiedykolwiek przebywał.

Wszystko było czystym luksusem i klasą.

Zastanawiał się, co zaplanował Roger.

* * *

Wybiła szósta i Rachel zeszła na dół, ubrana niedbale ze względu na upał, w jakim się znalazła.

Wyszedł na plażę i stwierdził, że widok jest piękny.

Zapomniała, jak piękny może być ocean, szczególnie podczas zachodu słońca.

Zobaczył Samantę stojącą tam, podziwiającą widok na ocean.

„Masz szczęście, że możesz cieszyć się tym każdego dnia" – powiedziała Rachel.

"Rzeczywiście."

– Więc co właściwie tu robisz?

– Co powiedział ci Roger?

– Niestety niewiele. Tylko tyle, że jesteś kimś w rodzaju doradcy małżeńskiego. Ale wygląda na to, że nie jestem już do końca pewien, czy tak jest.

„Robię różne rzeczy" – odpowiedziała Samanta. „W imieniu mojego ojca wykonuję pewne prace związane z nieruchomościami i deweloperami. Ale wyświadczam też ludziom przysługi . Przysługi, które naprawdę lubię świadczyć".

– Co? Doradztwo małżeńskie?

Samanta błysnęła pięknym uśmiechem.

– Ty też możesz to powiedzieć.

„Dlaczego wszyscy mówią o tym tak niejasno? Czy są jakieś tajemnice, o których nie powinienem wiedzieć?"

„Jeśli chcesz poznać prawdę, na przestrzeni lat pomogłem wielu parom. Nie interesują mnie pieniądze. Robię to dla przyjemności. Pomaganie sprawia mi przyjemność".

„A jak dokładnie pomagasz tym parom?" zapytała Rachela .

„Jak myślisz? Co jest podstawą dobrego związku?"

„Kocham" – odpowiedziała Rachel.

„Seks" – Samanta mrugnęła. „Pomagam parom sprawić, by seks był dla nich pracą".

Rachel była zszokowana do głębi, ale nie dała tego po sobie poznać.

Była zaskoczona, że jej ukochany mąż, z którym była od dwudziestu lat, o tym myślał, kiedy mu o niej opowiadał.

– Więc jesteś seksuologiem?

„Nie lubię etykiet" – odpowiedziała Samanta. „Ale wiem dużo o seksie. Wiem, co ludzie lubią i jak można to ulepszyć. To mój naturalny talent".

„Nie sądzę, żeby to było dla mnie odpowiednie. Dziękuję za miłą gościnność, ale powinienem już jechać. Złapię następny lot do domu".

„Właśnie przyjechałeś".

"Wiem, ale..."

– Roger ostrzegał mnie, że będziesz się tym martwić.

– Spałeś z nim? – zapytała Rachel bez ogródek.

„Nie. Zaufaj mi, twój mąż jest wiernym człowiekiem. Tylko raz na niego spojrzałam i wiedziałam, że jego życie seksualne ma poważne braki. Kiedy więc znalazłam okazję w swoim grafiku, złożyłam twojemu mężowi ofertę".

Rachel zmrużyła oczy.

– Tak, w zamian za kilka tysięcy dolarów z pieniędzy mojego męża, prawda?

„Tak jak powiedziałam, pieniądze nic dla mnie nie znaczą. Rozejrzyj się, nie potrzebuję pieniędzy twojego męża. Ale jeśli nie będę pobierać opłat , przed moimi drzwiami będzie długa kolejka mężczyzn po bezpłatną usługę. „."

„No cóż, dziękuję za gościnę. Nie chcę marnować twojego czasu. To wszystko nie dla mnie. Polecę najbliższym dostępnym lotem".

Samanta skinęła głową.

– To zupełnie zrozumiałe. Możesz tu zostać, ile chcesz. Mój kierowca zawiezie cię, kiedy tylko chcesz. Oddam twojemu mężowi pieniądze tak szybko, jak to możliwe.

"Dziękuję."

„Powodzenia w małżeństwie" – powiedziała Samanta, ponownie skupiając uwagę na zachodzącym słońcu.

Rachel milczała przez dłuższą chwilę.

„Co wiesz o moim małżeństwie?"

„Twój mąż chciał tego z konkretnego powodu. Wiem więc, że Twoje życie seksualne musi być niesamowicie nudne i monotonne".

„Małżeństwo to coś więcej niż tylko seks. Kochamy się. Jesteśmy świetnymi partnerami w życiu".

„Wmawiaj sobie to dalej" – odpowiedziała Samanta. „Twój mąż najwyraźniej czuje, że czegoś brakuje w Waszym związku. Ale jeśli uważasz, że wszystko jest idealne, nie krępuj się i odejdź".

Rachel zrobiła kolejną długą pauzę.

„Jeśli tu zostanę, to znaczy przez kilka następnych dni, co się stanie? Co będę tu robić?"

„Jeśli zostaniesz, nauczę cię radości płynącej z dominacji i uległości. To moja specjalność. Ktoś taki jak Roger musi czuć, że to on jest mężczyzną w związku. Mogę cię nauczyć, jak właściwie mu służyć".

– To brzmi trochę prymitywnie.

„Seks jest surowy. Ale jest też piękny. Kiedy ostatni raz miałeś niesamowity orgazm? Taki, po którym między nogami zostaje kałuża".

„Nie pamiętam" – odpowiedziała Rachel. „Lata. Może więcej".

„Biedna sprawa. Ale mogę to naprawić. Starsze kobiety, zwłaszcza żony, to moja specjalność".

„Nie będziemy... wiesz...”

„Będziemy. Zrobimy wszystko razem”.

„Nie mogę tego zrobić” – odpowiedziała Rachel. „To szaleństwo. Nigdy wcześniej nie robiłem niczego z inną kobietą”.

„Potraktuj to jako pouczające doświadczenie. Poza tym nie jest szaleństwem, jeśli twój mąż uważa, że jest to korzystne”.

„Z pewnością jesteś bardzo podekscytowany całym tym projektem”.

Samanta uśmiechnęła się.

– Ty też powinieneś.

– Co teraz?

„Teraz wracam do domu, żeby przygotować się na kolację. Mój szef kuchni robi coś pysznego. Jeśli chcesz zostać, dołącz do mnie na kolację. Jeśli chcesz wyjść, porozmawiaj z moim kierowcą”.

"Chcę zostać."

„Kolacja powinna być wkrótce gotowa. Poznamy się lepiej. Jutro zacznie się prawdziwa zabawa”.

Samanta błysnęła kolejnym uśmiechem pełnym podpowiedzi.

Następnie odwrócił się, aby wejść do swojej wielkiej rezydencji.

ROZDZIAŁ 7

Następnego dnia.

Niewielka część personelu serwowała im śniadania na świeżym powietrzu.

Wszystko było należycie załatwione.

Całe jedzenie było świeżo przygotowane.

Obie kobiety cieszyły się swoim towarzystwem podczas śniadania.

„Naprawdę mogę się do tego przyzwyczaić" – drażniła się Rachel.

Samanta mrugnęła do niego.

„Kto zwykle gotuje w twoim domu? To chyba ty. Wyglądasz na bardzo oswojoną kobietę".

„Wychowałam się w staromodny sposób. Pochodzę z długiej linii kobiet pozostających w domu".

„Typowe. Masz ten klasyczny, konserwatywny wygląd."

„Często to słyszę" – Rachel wzruszyła ramionami. „Ale nie bez powodu. Uwielbiam opiekować się moją rodziną. Uwielbiam być dla niej idealną matką i żoną".

Samanta skinęła głową.

„Jestem pewien, że Roger docenia wszystko, co robisz w domu".

– Zgadza się – odpowiedziała Rachel. „Jestem bardzo szczęśliwa, że go mam. Większość mężów nie docenia pracy, jaką wykonują dla nich żony".

„Roger cię nagradza? Czy pozwala ci ssać swojego kutasa?"

"Przepraszam?"

„ Roger pozwala ci ssać swojego fiuta, kiedy jesteś grzeczną dziewczynką?"

Rachel była zszokowana sprośnymi rozmowami przy śniadaniu, szczególnie w obecności personelu.

Nagie rozmowy o seksie zawsze wydawały jej się w złym guście.

„Nie sądzę, żeby to była twoja sprawa" – odpowiedziała Rachel.

Myślałem, że potrzebujesz mojej pomocy.

– Chyba, ale...

„Bądź szczera . Obie jesteśmy dorosłymi kobietami. A mój personel jest bardzo dyskretny. Po prostu próbuję ci pomóc".

Rachel westchnęła lekko.

„Robię to dla niego, tylko czasami. Nie lubię tego robić".

„Więc na czym polega twoje życie seksualne z Rogerem? Czy wspina się na ciebie, wykonuje kilka zamachów, a potem dochodzi?"

"Zasadniczo."

Samanta prawie się roześmiała.

„To nie jest wspaniałe życie seksualne. Brzmi bardziej jak formalność".

„To działa dla nas".

„Oczywiście, że nie. Roger chce, żebyś tu był nie bez powodu. Nie chcę przekazywać ci tej wiadomości, ale Roger to napalony, normalny facet. Uwielbia seks. I uwielbia dostawać loda. Ale jest zbyt nieśmiały, by poprosić o to swoją śliczną żonę sprzyja ekstra".

– Zachowujesz się arogancko.

Samanta uniosła brwi.

„Czy jestem taki? Czy Roger kiedykolwiek odrzucił seks? Czy za każdym razem, gdy ssiesz mu kutasa, wygląda jak licealista ? Wiesz, że mam rację. Wszyscy mężczyźni są tacy sami, jeśli chodzi o seks".

„Nie tak mnie wychowano" – powiedziała Rachel po długiej pauzie. „Prawdopodobnie masz rację co do Rogera. Ale po prostu nie wiem już, jak go zadowolić".

Samanta strzeliła palcami i ktoś z obsługi przyniósł seks-zabawkę na srebrnej tacy.

Samantha odebrała i personel wyszedł.

Zabawka erotyczna w kolorze cielistym miała kształt męskiego penisa.

„To niesamowite, jak realistyczne stały się te zabawki dla dorosłych" – powiedziała Samanta, podnosząc je ze zdziwieniem.

Mimo że byli na świeżym powietrzu, Samanta nie miała nic przeciwko trzymaniu wibratora.

Rachel czuła się trochę nieswojo, mimo że w pobliżu nie było nikogo innego.

- Nie boisz się, że ktoś przejdzie obok i zobaczy cię w tym? – zapytała Rachel.

„Posiadanie zabawek erotycznych w tym stanie jest całkowicie legalne".

Rachel nieśmiało skinęła głową.

"Masz rację."

– Nie ma też nic złego w pocałowaniu kogoś.

"Co masz na myśli?"

Samanta poruszyła lekko wibratorem.

– Śmiało, daj mu małego buziaka.

"Ponieważ?"

„Jestem ciekawy, jak wyglądasz z penisem w ustach".

Rachel wyglądała na zdenerwowaną, gdy Samanta podała jej wibrator, który był wycelowany w jej twarz.

Uznała, że kłótnia nie ma sensu.

Była gościem w luksusowym domu.

Wiedziała, że odrzucenie prośby byłoby niegrzeczne.

Pochyliła się do przodu przez stół i pocałowała główkę wibratora.

„Teraz otwórz usta" – powiedziała Samanta. – Zabierz to do środka.

Rachel czuła się nieswojo, ale i tak to zrobiła.

Pozwoliła, aby zabawka erotyczna weszła do jej ust.

Samanta zaczęła wpychać i wciągać wibrator do ust Rachel, symulując seks oralny.

„To wszystko?" zapytała Samanta, przyglądając się uważnie. „Ssij to. I tak. Wyobraź sobie, że to Rogera".

Usłyszenie tych słów rozpaliło ogień w Rachel.

Ssała mocniej, szybciej i mocniej .

Właściwie zaczęła uprawiać seks oralny z wibratorem.

Zanim Rachel mogła kontynuować, Samanta wyjęła wibrator z ust, a Rachel odchyliła się na swoim krześle.

„Nieźle" – stwierdziła Samanta. „Ale twoje umiejętności robienia loda mogłyby trochę ulepszyć. Popracujemy nad tym później. Myślę, że Roger będzie bardzo szczęśliwy, kiedy wrócisz do domu".

– Mam taką nadzieję – Rachel zarumieniła się.

Samanta uśmiechnęła się.

„Przed nami długi dzień szkolenia. Dokończmy śniadanie i wykorzystajmy czas jak najlepiej."

Znów zjedli śniadanie.

Rachel spojrzała na swoje jedzenie, ale wciąż myślała o ostatnich słowach Samanty.

Szkolenie? Co on do cholery chciał przez to powiedzieć?

ROZDZIAŁ 8

Sypialnia Samanty składała się z dużej i przestronnej przestrzeni.

I było prosto, ale elegancko.

Meble wydawały się rustykalne i drogie.

Balkon był otwarty i miał doskonały widok na ocean.

„Jej mąż powiedział mi, jaki masz rozmiar i wymiary" – powiedziała Samanta. „Więc poszedłem dalej i kupiłem ci nową garderobę".

Na środku pokoju stała walizka.

Samanta otworzyła je i ukazała się cała gama ubrań, w większości odkrywczych, oraz bielizna.

Rachel była oszołomiona.

„Czy to wszystko dla mnie?"

„Wszystko w tej walizce jest dla ciebie. Kupiłem ci też nowy zestaw do makijażu".

„Co jest nie tak z moim makijażem?"

„Nic, jeśli jesteś księgowym" – odpowiedziała Samanta. „Ale jeśli chcesz stale dobijać męża, będziesz musiała pracować trochę ciężej".

„Rogerowi podoba się to tak, jak mi się podoba".

„Jesteś bardzo ładną kobietą. Jestem pewien, że Roger uważa cię za najładniejszą kobietę na świecie. Ale czasami mężczyźni chcą po prostu brudnej dziwki w sypialni. Takie są fakty".

Rachela zatrzymała się.

– Nie jestem już całkiem młodą kobietą.

„Nie ma absolutnie nic złego w kobietach w twoim wieku. Wszyscy kochają starsze kobiety. Ja uwielbiam starsze kobiety".

– Więc co robimy?

„Dobrze jest być porządną, prymitywną gospodynią domową. Ale dobrze jest też być od czasu do czasu małą, brudną dziwką w sypialni. Tego cię nauczę".

Rachel wzięła głęboki oddech.

„Dobrze. Będę otwarty na wszystko, co masz do powiedzenia.”

„Dobrze. A teraz się rozbieraj.”

"Wybacz mi?"

„Rozbierz się. Zdejmij ubranie. Wszystkie".

"Ponieważ?"

„Myślałam, że mówiłaś, że masz otwarty umysł" – powiedziała Samanta z uniesioną brwią. „Jeśli chcesz mojej pomocy, posłuchaj, co mam do powiedzenia".

Rachel była już jasna, że kłótnia z Samantą nigdy nie była zwycięską strategią.

Wzięła głęboki oddech, aby zebrać się na odwagę i z wahaniem zdjęła ubrania, starannie składając każdy przedmiot i kładąc go na pobliskim łóżku.

Dla Rachel było trochę zawstydzające rozbieranie się przed Samantą, ponieważ jej ciało się starzało, a Samanta była bardzo młoda i sprawna.

Rachel jednak powtarzała sobie, że to jak rozbieranie się przed lekarzem.

Samanta prawdopodobnie widziała wiele nagich kobiet w swoim wieku.

Widziała to wszystko.

Kiedy ta podróż się skończy, nigdy więcej nie będę musiał jej widzieć.

Więc kogo obchodzi, że zobaczy mnie nago?

Zdjęto z niej całe ubranie i na koniec Rachel stanęła zupełnie naga przed znacznie młodszą i atrakcyjniejszą kobietą.

„Bardzo kobieca i piękna" – powiedziała Samanta z małą sugestią, kiwając głową.

"Więc uważasz?"

„Jak już mówiłem, uwielbiam starsze kobiety. I kocham gospodynie domowe. Uważam, że jesteś niezwykle atrakcyjny".

Rachel wzruszyła ramionami.

„I co dalej?"

"Chodź za mną."

Samanta zaprowadziła Rachel do komody.

Rachel usiadła przed dużym lustrem i stołem zastawionym markowymi kosmetykami.

Oboje spojrzeli na topless odbicie Rachel w lustrze.

Następnie Samanta za pomocą wilgotnej serwetki wytarła makijaż Rachel, aż jej twarz była czysta.

Zmarszczki i linie wieku na twarzy Rachel stały się bardziej widoczne.

„Jesteś taka naturalnie piękna, Rachel. Jesteś taka ładna".

"Dziękuję."

„Ale w tej chwili nie interesuje nas piękno" – powiedziała Samanta. „Lubimy seksowność. Jesteś na to gotowa, Rachel?"

"Myślę, że tak."

"Zaczynajmy."

Samanta od razu zabrała się do nakładania kosmetyków.

Umiejętnie nałożyła róż, cień do powiek, tusz do rzęs, eyeliner i jaskrawy odcień czerwonej szminki.

Sekunda po sekundzie skromna gospodyni domowa obserwowała przemianę swojego wyglądu.

Kiedy skończyła, Rachel ledwo mogła się rozpoznać.

"Co powiesz na?" – zapytała Samanta, dumna ze swojej pracy.

„Wygląda... wygląda... interesująco..."

Samanta poklepała kobietę po ramionach.

„Przyzwyczaisz się do tego. Pamiętaj tylko, że to jest tylko dla ciebie i Rogera. Nikt inny".

"Rozumiem."

– A teraz cię ubierzmy, dobrze?

Rachel wstała i poszła za Samantą do dużego pokoju.

Samanta sięgnęła do walizki i wyciągnęła cienką czerwoną szatę.

„Wypróbuj to" – powiedziała Samanta. – I spójrz w lustro.

Rachel spojrzała na swoje nagie odbicie w lustrze, wkładając szlafrok.

Była szczupła, szczupła i drobna.

Przede wszystkim był półprzezroczysty.

Kolor jej sutków i włosów łonowych był w pełni widoczny.

– To trochę odkrywcze, nie sądzisz? Rachel wyraziła oczywistość.

„Oto pomysł. Kiedy będziesz w domu, chcę, żebyś nosił to dla Rogera przez cały czas. Dzięki temu małżeństwo będzie szczęśliwsze".

„Czy chcesz, żebym był praktycznie nagi przez cały czas?"

„Pomyśl o tym, czy Roger miałby się z tobą kłócić, gdy twoje sutki są odsłonięte?"

„To z pewnością zabawny sposób patrzenia na sprawy" – odpowiedziała Rachel, chichocząc.

Samanta uśmiechnęła się.

„Na przestrzeni lat pomogłem wielu parom. Zaufaj mi, wiem, o czym mówię".

Obie kobiety uśmiechnęły się do siebie żartobliwie, zanim przymierzyła więcej strojów.

ROZDZIAŁ 9

Później tego samego dnia.

Rachel była w stanie głębokiego relaksu.

Byłam w pokoju spa, sama z wyszkoloną masażystką.

Jej myśli odpłynęły, gdy jej plecy zostały poddane fachowemu masażowi.

To była błogość.

„Cieszę się, że dobrze się bawisz" – powiedziała Samanta, wchodząc do spa.

"To jest niebo."

„Dobry masaż jest zawsze niebiański. Przepraszam, że przeszkadzam, ale właśnie rozmawiałem przez telefon z tatą. Coś się stało".

Rachel usiadła, żeby posłuchać wiadomości.

Jej piersi były widoczne, ale nie przejmowała się tym.

"Wszystko jest w porządku?" zapytała.

„Wszystko w porządku. Ale mój ojciec je ważną kolację z kilkoma swoimi partnerami biznesowymi i chce, żebym do niego dołączyła. Chce, żebym był na bieżąco. Poza tym świetnie umiem zabawiać gości".

"Muszę już iść?" – zapytała Rachel, w tajemnicy obawiając się najgorszego.

„Nie, nie. Ale nie jestem pewien, o której wrócę, więc rozgość się u mnie. Poinstruowałem już obsługę, żeby przygotowała dla ciebie miłą kolację. Potem rób, co chcesz. Są książki, filmy, muzyka, cokolwiek chcesz. Mój personel pomoże Ci we wszystkim, czego potrzebujesz.

"Dziękuję, jesteś bardzo miły."

Samanta uniosła brwi.

„Jeśli masz ochotę na coś bardziej prowokacyjnego, wypróbuj kolekcję DVD w moim pokoju. Kto wie, może zobaczysz coś, co Ci się spodoba".

„Będę o tym pamiętać" – odpowiedziała Rachel, niepewna, jak zinterpretować te wskazówki.

„Baw się dobrze. Postaram się wkrótce wrócić".

– Życzę ci dobrej nocy.

Samanta uśmiechnęła się złośliwie i wyszła.

ROZDZIAŁ 10

Tej samej nocy.

Luksusowa rezydencja bez właściciela wyglądała nieco nudno.

Po wczesnym obiedzie Rachel oglądała zachód słońca i jeszcze raz zwiedzała dom.

Przyjrzał się temu, co miał w swoim kinie domowym i kolekcji muzycznej, ale nic go specjalnie nie zainteresowało.

Teraz oglądał telewizję w salonie.

Wiadomości były jedyną rzeczą, która go interesowała.

Zastanawiał się, jak się czuje Roger.

Zastanawiała się, czy Roger będzie za nią tęsknił.

Nadeszła nuda.

Była jedenasta w nocy i Rachel postanowiła iść do łóżka.

W drodze do swojego pokoju minęła pokój Samanty.

Drzwi były szeroko otwarte.

Rachel wciąż myślała o ofercie oglądania jej prywatnych DVD.

Dlaczego nie?

Zaprosiła mnie do swojego pokoju, żebym pooglądał.

Rachel poszła do głównej sypialni i podeszła do dużego telewizora.

Znalezienie płyt DVD nie było trudne.

Ocenił, że było ich ponad 200 .

Wszystkie DVD były domowej roboty.

Na każdej płycie DVD widniała nazwa i data.

Rachel włączyła telewizor i odtwarzacz DVD.

Wybrała losowo DVD zatytułowane: Joseph 03-07-2018

Włączyło się DVD i Rachel usiadła na łóżku.

Była zszokowana tym, co zobaczyła.

Na ekranie pojawił się nagi mężczyzna.

Był w średnim wieku i miał normalną sylwetkę.

Miał twarz odnoszącego sukcesy biznesmena.

Jego penis był mały i wiotki.

Wyglądał na nieśmiałego.

Patrzył bezpośrednio w kamerę.

Stał w pokoju gościnnym.

Mężczyzna podał swoje imię i nazwisko, wiek oraz informację, że zajmuje się działalnością deweloperską.

Ta scena wydała mi się bardzo dziwna i sprawiła, że Rachel poczuła się wyjątkowo niekomfortowo.

Nie mogłem zrozumieć, dlaczego Samanta miałaby mieć takie DVD.

Rachel wstała i już miała wyłączyć DVD, gdy nagle usłyszała głos Samanty dochodzący z telewizora.

Zaczął rozkazywać nagiemu mężczyźnie.

Rachel usiadła i kontynuowała oglądanie.

Nagi mężczyzna na ekranie pogłaskał się.

Jego mały penis stał się nieco większy i sztywniejszy.

Mężczyzna padł na kolana, gdy głos Samanty mu to nakazał.

Na ekranie pojawiła się Samanta, a Rachel prawie nie westchnęła.

Samantha pojawiła się na nagraniu ubrana w obcisły skórzany gorset, odsłaniając ręce i nogi.

Między nogami Samanty znajdował się długi penis, który musiał mieć co najmniej osiem cali długości.

Samanta stanęła przed klęczącym mężczyzną, a mężczyzna z entuzjazmem zaczął ssać penisa za pasem.

Jedyne, co Rachel mogła zrobić, to patrzeć na nią niemal zszokowana.

Kompletnie nie wierzyła, że Samanta zrobiłaby coś takiego z mężczyzną.

Instynkt kazał mu wyłączyć DVD, ale nie mógł.

Ekran stał się hipnotyczny.

Na nagraniu Samanta kazała mężczyźnie wstać i pochylić się nad łóżkiem.

Zrobił to z zapałem.

Następnie Samantha nałożyła dużą ilość lubrykantu na zabawkę erotyczną i stanęła za mężczyzną.

Rachel sapnęła ciężko, gdy zobaczyła Samantę wchodzącą do mężczyzny.

Tylko tyle Rachel mogła znieść.

Wstał i wyłączył DVD.

Kiedy odłożyła DVD na miejsce w kolekcji, zobaczyła kolejny film zatytułowany Anna 23.05.2019.

Został nagrany zaledwie kilka miesięcy temu, a bohaterką musiała być kobieta.

Rachel była ciekawa, więc włożyła wideo i usiadła z powrotem na łóżku.

W filmie widać dojrzałą, nagą kobietę.

Kobieta była po pięćdziesiątce.

Oczywiście gospodyni domowa.

Film również został nakręcony w tym samym pomieszczeniu, ale tym razem Samanta trzymała kamerę i rozmawiała z gospodynią domową.

Samanta kazała kobiecie uklęknąć i wczołgać się w cipkę Samanty.

Kobieta fachowo wykonała seks oralny z gładko ogoloną cipką Samanty.

Rachel była przepełniona pożądaniem po obejrzeniu prywatnej, domowej roboty sekstaśmy Samanty.

Przykucnął i dotknął się, obserwując.

Zaczęła bawić się swoją cipką.

Lesbijstwo i uległość nigdy nie były jej fantazjami, ale w domowych filmach Samanty było coś fascynującego.

Rachel nadal pocierała swoją cipkę, aż film się skończył.

Potem odtworzył kolejny film, tym razem z parą.

Czas mijał, a Rachel obejrzała już kilka kolejnych filmów.

Przyszła z mocą, oglądając domowe porno.

Minęło dużo czasu, odkąd czuła tak dobry orgazm.

Zamknęła oczy, żeby chwilę odpocząć.

* * *

Rachel obudziła się, czując palec pocierający jej skórę.

Jego oczy rozszerzyły się.

Wciąż była noc.

Podniosła wzrok i zobaczyła Samantę stojącą nad nią z uśmiechem na twarzy.

„Widzę, że spodobała ci się moja kolekcja" – uśmiechnęła się Samanta.

Rachel szybko zakryła swoją cipkę.

„O Boże. Tak mi przykro. Musiałem zasnąć".

„Nie ma za co przepraszać. Znalazłeś coś, co Ci się podoba. Teraz jesteśmy gotowi na następny krok."

Obie kobiety spojrzały sobie w oczy.

Zapadła między nimi krótka chwila ciszy.

Panowało też ciche zrozumienie, że sprawy staną się o wiele bardziej interesujące.

CZĘŚĆ TRZECIA:
Niewolnictwo jest naszą przyjemnością

49

ROZDZIAŁ 11

Następnego ranka śniadanie było dla Rachel niemal niezręczne.

Po raz pierwszy w życiu została przyłapana na masturbacji.

Poczuł wstyd i dyskomfort.

„Musisz mieć wiele pytań" – stwierdziła Samanta.

"Coś."

„Nie wstydź się. Posłuchamy cię".

„Co dokładnie robiłeś na tych filmach?" – zapytała Rachel.

„Różni ludzie mają różne fetysze. To fakt dotyczący ludzkiej seksualności. Ja po prostu służę tym fetyszom".

– Czy jesteś jakąś dominacją, czy jakkolwiek się obecnie nazywa?

Samanta uśmiechnęła się.

„Kiedy chcę. Lub jeśli ktoś potrzebuje mojej pomocy".

– Nazywasz to pomocą? – zapytała Rachel, unosząc brwi.

„Oczywiście. Widziałeś, ile tych ludzi przyszło?"

Rachel nagle poczuła się nieśmiała.

„Czy byłeś... hmm..."

„Śmiało. Po prostu zapytaj. Nie będę gryźć".

Rachel wzięła głęboki oddech.

„ Myślałeś o zrobieniu czegoś takiego mnie lub Rogerowi? Czy taki był od początku plan? Czy Roger chce być sodomizowany przez strap-on? Czy chce zobaczyć, jak uprawiam seks oralny z kobietą?"

– To są najważniejsze pytania, prawda?

– Czy zamierzasz dać mi odpowiedź?

Samanta zrobiła długą dramatyczną pauzę, pijąc świeżo wyciśnięty sok.

„Odpowiedź jest następująca" – odpowiedziała Samanta. „Twój mąż nie ma pojęcia, czego chce. Wie, że chce lepszego życia seksualnego. Wie, że nie chce co tydzień uprawiać seksu z kobietą pozbawioną emocji ".

– Roger nazwał mnie kobietą pozbawioną emocji? – zapytała Rachel zraniona.

„Nie tymi słowami. Ale ze sposobu, w jaki opisał swoje życie seksualne, równie dobrze możesz być pozbawiony emocji".

„Więc, jak myślisz, czego chce Roger? Abym była uległa jak kobiety w twoich filmach?"

– Być może. Po to był ten wyjazd. Niestety był zajęty i nie mogę mu pomóc. Ale na szczęście tu jesteś.

"Czy ty mnie zdradzasz?"

„Nie. Nie jest. Widzę, że nie. Ale jest blisko. Seks, który zapewniasz, jest nieodpowiedni dla mężczyzny takiego jak on".

– To muszę zrobić? – zapytała Rachel.

„Rób, co ci mówię. Ubieraj się, jak każę. Ssij jego kutasa, tak jak cię uczyłem. Prawdę mówiąc, oczekuję, że będziesz mu dawać głowę każdego ranka przed pracą i ponownie, kiedy wróci do domu. Żadnych wymówek". nie robić tego."

Rachel skinęła głową.

"Mogę to zrobić."

„Ale jest jeszcze wiele do nauczenia się. Seks oralny nie rozwiązuje wszystkiego, wierz lub nie".

"I co to jest?"

Samanta posłała mu chytre spojrzenie.

– Będziemy musieli się tego dowiedzieć po śniadaniu.

ROZDZIAŁ 12

Gdy Rachel poszła za Samantą do prywatnego pokoju w rezydencji, w powietrzu panowało wyraźne napięcie.

Pokój miał gładkie ściany i proste meble.

Było tam małe łóżko, wysokie na dwie stopy.

Łóżko było po prostu przykryte, bez koców i poduszek, tylko prześcieradło.

„Nie marnujmy czasu” – powiedziała Samanta. „Twój mąż pragnie uległej kobiety. W głębi duszy myślę, że tęsknisz za dominującą postacią seksualną”.

„Całkowicie się z tym nie zgadzam” – powiedziała stanowczo Rachel.

"Oh?"

„Nie sądzę, że Roger chce mnie takiej. I z pewnością mam swoje ograniczenia. Zawsze uważałam, że prawidłowy związek opiera się na równości”.

– Nawet podczas seksu?

"Tak."

Samanta oblizała usta.

„Masz dziś wiele do nauczenia się”.

„Będę otwarty na to, co sugerujesz”.

Samanta skinęła głową.

„Sprowadziłem cię tutaj z konkretnego powodu. To jest pokój dla początkujących. Nie jesteś jeszcze gotowy na pokój niewoli”.

„Brzmi zastraszająco”.

„Zastraszanie w dobrym tego słowa znaczeniu. Ale na razie pozostaniemy przy tym pokoju, ponieważ łatwo jest posprzątać po bałaganie”.

"Co to miało znaczyć?" – zapytała Rachel.

„To znaczy, że sprawię, że dojdziesz. W odpowiedni sposób. Pokażę ci, jak wygląda prawdziwy orgazm".

„Samanto, doceniam wszystko, co dla mnie robisz, ale naprawdę nie sądzę, że jest to konieczne".

„Oczywiście, że tak" – odpowiedziała stanowczo Samanta. „Nie możesz stać się prawdziwie uległą, jeśli nie poczujesz z tego przyjemności . Zaczniemy powoli. Wprowadzę cię w nowy styl życia".

Rachelę uderzyło słowo styl życia.

Sprawy miały stać się ciekawsze.

A ja byłem ciekaw, dokąd zmierzają sprawy.

„W porządku" - odpowiedziała. „Nie będę się kłócić. Nie będę narzekać. Zrobię, o co prosisz".

„Chcę zobaczyć twój tyłek. Chcę, żebyś był nagi od pasa w dół. Potem połóż się na łóżku. Trzymaj stopy na podłodze".

Rachel martwiła się tą prośbą.

Ale i tak to zrobiła, skoro obiecała, że zrobi to bez kłótni.

Rozebrała się, pozostawiając odsłonięty tyłek i ostrożnie położyła ubrania na łóżku.

Teraz stała ze swoim umiarkowanie owłosionym krzakiem wystawionym na widok Samanty.

Potem położył się na małym łóżku, wciąż trzymając stopy na podłodze.

„Będziesz musiał się później ogolić" – powiedziała Samanta, patrząc na jego włosy łonowe.

„Mój mąż to lubi".

„Ogol się dzisiaj. Nie martw się, odrośnie".

Rachel przewróciła oczami.

"Oczywiste."

„Teraz rozłóż nogi. Szeroko".

Rachel to zrobiła.

Rozłożyła nogi i dała Samantie dobry widok na swoją cipkę.

Poczuła się niepewnie, pokazując swoją dojrzałą cipkę pięknej młodej kobiecie, ale przypuszczała, że kryje się za tym jakiś cel.

"Szczęśliwa teraz?"

„Piękna cipka" – doceniła Samanta. "To słodkie."

– Zamierzasz tam stać i patrzeć?

„Oczywiście, że nie. Jeśli nie masz nic przeciwko, przywiążę twoje nogi do łóżka, zanim każę ci dojść. Spokojnie, obiecuję, że ci się spodoba".

Samanta sięgnęła po coś pod łóżko i wyciągnęła linę, której użyła do przywiązania kostek Rachel do przeciwległych słupków łóżka.

Wszystko zostało wykonane z fachową precyzją.

Było jasne, że Samanta była ekspertką w dziedzinie lin i niewoli.

Kiedy było po wszystkim, nogi Rachel były rozłożone jak orle, związane, a jej cipka szeroko rozwarta.

Głośny szum rozniósł się echem po pomieszczeniu.

"Co to do diabła jest?" – zapytała Rachel , patrząc na Samantę.

Samanta trzymała w ręku dużą wibrującą zabawkę erotyczną, która wyglądała i brzmiała jak elektronarzędzie.

Urządzenie posiadało wibrującą górę, która miała stymulować kobiecą łechtaczkę.

„To zmieni Twoje życie na lepsze. A teraz zrelaksuj się."

Rachel leżała na łóżku z szeroko otwartymi oczami.

To coś wchodziło między jej nogi.

Samanta wyglądała, jakby miała przeprowadzić zabieg medyczny przy użyciu silnego urządzenia wibrującego.

Wibrujący top został zbliżony do odsłoniętej piczki.

Potężny wibrator dotknął czubka łechtaczki Rachel.

„ Aaahhhh !!!!" Dojrzała gospodyni domowa krzyknęła z bólu.

Samanta odeszła na chwilę.

„Odpręż się. Odpręż się, kochanie. Po prostu odpocznij, a ja się tobą zaopiekuję."

Potężne wibracje powróciły do łechtaczki.

Rachel krzyknęła ponownie.

Mógłbym błagać Samantę, żeby przestała.

Mogła usiąść i odepchnąć Samantę.

Mogła walczyć.

Ale ona tego nie zrobiła.

Rachel po prostu położyła się na łóżku i wchłaniała intensywną stymulację.

Chociaż było to bolesne, był też mały przebłysk przyjemności.

Przyjemność rosła i rosła.

Rachel w dalszym ciągu była zrozpaczona, ale próbowała rozluźnić ciało.

Zaakceptowała to potężne uczucie.

Jego nogi szarpały i walczyły z liną, ale to nie przynosiło żadnego skutku.

Jego nogi nie mogły się poruszać.

Wrażenia w jego ciele były sprzeczne.

Chciała się przeciwstawić, ale chciała też pozwolić uczuciom płynąć.

Nadal jęczała, przewracała się i przewracała na łóżku.

Samanta przycisnęła dłoń do ciała gospodyni domowej.

Następnie mocno przycisnęła wibrujące urządzenie seksualne do swojej łechtaczki.

Stymulacja była nierealna.

Dojrzała gospodyni domowa krzyczała z bólu i przyjemności.

Jego nogi z całych sił walczyły z liną.

To była przegrana bitwa.

Gdy Samanta włożyła dwa palce w cipkę, poruszając się do niej i na zewnątrz, Rachel doszła.

Przyszła i pobiegła.

Wytryskała i wytryskała soki.

To był mokry orgazm, który wszędzie zrobił prawdziwy bałagan.

Plecy Rachel wygięły się gwałtownie.

Jego palce u nóg się podwinęły.

Robił dziwne miny i przez chwilę był prawie nie do poznania.

Potem jego ciało całkowicie zwiotczało.

Samanta wyłączyła urządzenie i uśmiechnęła się do swojej pracy.

Opuścił urządzenie i rozwiązał gospodyni w kostkach.

Usiadła na łóżku i pogłaskała Rachel po włosach, zauważając, jak pięknie wygląda.

„Nie walcz jeszcze z mówieniem" – powiedziała Samanta, wciąż pocierając włosy Rachel. „Po prostu się zrelaksuj. Ciesz się rozkoszą. Jestem pewien, że twoja łechtaczka musi teraz boleć".

Rachel skinęła głową.

"Tak."

„Odpocznij. Niech twoja łechtaczka zregeneruje się. Trening będziemy kontynuować dzisiaj".

Samanta pochyliła się, żeby pocałować Rachel w czoło, potem w policzek, a potem w usta.

ROZDZIAŁ 13

Czas płynął niespiesznie.

Zjedli razem lunch i rozmawiali o normalnych sprawach.

Nawiązała się między nimi przyjaźń.

Temat seksu nie powrócił już więcej, a łechtaczka Rachel miała wystarczająco dużo czasu, aby zagoić się po ataku wibracyjnym.

Rachel zdrzemnęła się w środku popołudnia, a kiedy się obudziła, na jej łóżku leżała piękna czarna sukienka.

Na łóżku leżała także para butów na wysokim obcasie.

Na sukience znajdowała się odręczna notatka.

W notatce napisano:

„Weź miły, długi prysznic. Następnie nałóż makijaż, tak jak cię uczyłem. A następnie załóż sukienkę i szpilki, nie mając nic więcej pod spodem.

Spotkamy się na dole w pokoju niewoli o szóstej. Drzwi zostaną otwarte."

Notatkę podpisała Samanta.

Między jej nogami pojawiło się mrowienie.

Rachel wstała z łóżka i wzięła prysznic.

Wytarła się i spojrzała na swoje nagie odbicie w lustrze, zanim nałożyła makijaż.

Nakładała każdy produkt kosmetyczny dokładnie tak, jak nauczyła ją Samanta.

Rachel przebrała się w sukienkę przed lustrem w sypialni.

Sukienka była elegancka i seksowna.

Zachwycała się swoim odbiciem.

Wydawała się zupełnie inną kobietą.

***

Zszedł na dół dokładnie o szóstej wieczorem, po czym poszedł korytarzem.

było się dowiedzieć, gdzie jest pokój niewoli.

Było to jedyne pomieszczenie w rezydencji, do którego drzwi były zawsze zamknięte.

Teraz drzwi były otwarte i zdawały się ją wołać.

Pokój niewoli wyglądał nudno w porównaniu z resztą domu.

Był to pokój średniej wielkości, w którym nie było nic wartościowego.

Było trochę stołów i krzeseł.

Były też inne ciekawie wyglądające przedmioty, takie jak lina zwisająca z sufitu i dziwnie wyglądające urządzenia, które wydawały się prymitywne.

Rachel weszła do pokoju i rozejrzała się po nim.

Oczekiwanie wzrosło.

– Czy tego się spodziewałeś? Z tyłu rozległ się głos Samanty.

Rachel odwróciła się i zobaczyła Samantę ubraną w czerwony skórzany gorset i czarne buty.

Pokazała umięśnione ręce i nogi, a włosy zaczesała do tyłu.

Ubrana była jak prawdziwa dominatrix.

Następnie Samanta zamknęła drzwi.

„Szczerze mówiąc, spodziewałam się trochę więcej” – powiedziała Rachel, ukrywając zdenerwowanie.

„Większość ludzi oczekuje więcej od mojego pokoju niewoli. Ja jednak wolę prostotę. Lubię mieć ten element zaskoczenia”.

"Co masz na myśli?"

„Podoba mi się, że ludzie nie doceniają tego pokoju” – uśmiechnęła się Samanta. „Co więcej, nie ma znaczenia, jakiego rodzaju zabawek i urządzeń się używa. To chęć poddania się i dominująca władza nad uległością tworzy dobry związek erotyczny BDSM. Nie zabawki”.

Ręce Rachel wskazały pokój.

– A jednak tu jesteśmy.

„Nie zrozumcie mnie źle" – powiedziała Samanta, podchodząc do gospodyni domowej. „Uwielbiam używać zabawek. Kocham też liny. Na wiele sposobów zwiększają moją władzę nad uległymi".

– Co mi zrobisz?

Oczy Samanty spoglądały od góry do dołu na gospodynię domową.

„Zapomniałam wspomnieć, jak pięknie wyglądasz w tej sukience. Pasuje do ciebie idealnie, eksponując wszystkie twoje kształty. A twój makijaż, jestem pod wrażeniem. Szybko się uczysz".

„Dziękuję. Wyglądasz... hmm... atrakcyjnie w tym stroju."

„Zawsze staram się wyglądać jak najlepiej".

– Więc co mi zrobisz? Rachel zapytała ponownie, niemal desperacko chcąc się dowiedzieć.

Samanta wystąpiła naprzód i zbliżyła usta do ucha gospodyni domowej.

„Mam zamiar cię związać" – powiedziała cicho Samanta. „Wtedy będę sprawiać, że będziesz dochodzić wciąż i wciąż. Należysz do swojego męża. Ale tej nocy należysz do mnie. Twoja cipka należy do mnie. I twoje orgazmy też należą do mnie".

Oczy Rachel rozszerzyły się.

„Och. Ja... uch..."

– Zakładam, że Roger nigdy cię nie wiązał.

"Nigdy."

„Idealnie. Uwielbiam być czyjąś pierwszą. Nie ruszaj się."

Rachel stała nieśmiało nieruchomo w swojej drogiej sukience, obserwując Samantę włączającą urządzenie na ścianie.

Lina zwisająca z sufitu została opuszczona do miejsca, gdzie znajdowała się Rachel.

– Zamierzasz mnie tym związać? – zapytała Rachel.

"Jest jakiś problem?"

Rachel nerwowo pokręciła głową.

"NIE."

„Dobrze. A teraz daj mi swoje lalki".

Samanta użyła miękkiej liny i fachowo związała nadgarstki Rachel. Węzeł był ciasny.

Ręce Rachel były związane.

Nie stawiał żadnego oporu.

Kiedy już przymocowała do niego linę, Samanta wróciła do ściany i obróciła urządzenie w przeciwnym kierunku.

To spowodowało, że ręce Rachel powędrowały nad jej głowę.

Nie było to zbyt bolesne, ale wystarczające, aby Rachel nie mogła się poruszać.

"Wygodny?" – zapytała Samanta z półuśmiechem.

Rachel prawie się zadrżała, stojąc z rękami związanymi nad głową.

„Bolą mnie nadgarstki".

„Boli, bo walczysz. Odpręż się. Oddaj mi siebie."

Samanta otworzyła pobliską szufladę i sięgnęła do środka.

Wyciągnął nóż i powoli podszedł do Rachel ze szelmowskim uśmiechem, wymachując ostrym przedmiotem.

"O mój Boże!" Rachel sapnęła ze strachu, myśląc, że wydarzy się coś strasznego. „Proszę, nie! Mój Boże! Mój Boże!"

Nie bądź głupi. Nie zamierzam cię skrzywdzić. Cóż, nie w zły sposób.

Samanta przyłożyła nóż do góry sukienki Rachel.

Następnie rozcięła suknię w dół, dzieląc ją na środku.

Samanta położyła nóż na pobliskim stole, po czym rozpięła górę sukienki, odsłaniając dwie okrągłe piersi Rachel.

„Wyglądasz teraz jak prawdziwa dziwka" – uśmiechnęła się Samanta. „Zdzirowaty makijaż, ładne włosy, drogie obcasy i podarta sukienka odsłaniająca twoje stare, obwisłe piersi. Wszystko to wskazuje na zdzirę. Zgadzasz się?

Rachel nerwowo pokiwała głową.

"Tak."

„Zawsze przestrzegam zasady czterech cali. Powiedz mi, jak duży jest penis twojego męża?"

– Około pięciu cali – przyznała Rachel.

„Roger ma pięć cali, więc dodałem kolejne cztery cale. Co daje w sumie dziewięć cali".

Samanta otworzyła kolejną szufladę, żeby wyjąć dziewięciocalowy wibrator.

Spojrzała na niego, dziwiąc się jego rozmiarom.

Następnie założyła pasek wokół krocza i założyła 10-calowe wibrator.

– Wsadzisz to we mnie? – zapytała nerwowo Rachel.

„Zamierzam cię tym wyruchać" – odpowiedziała Samanta, nakładając lubrykant na obiekt seksualny. „Czy kiedykolwiek uprawiałeś seks na stojąco?"

"NIE."

„Kolejny pierwszy raz".

Samanta stanęła przed Rachel.

Siedzieli twarzą w twarz, dzieliło ich zaledwie kilka centymetrów.

Samanta była bezpieczna i spokojna.

Rachel była kłębkiem nerwów.

W powietrzu unosiło się napięcie seksualne.

Samanta pochyliła się do przodu i dała Rachel wielkiego całusa w usta.

Na początku było gładko.

Potem bardziej namiętnie.

Potem zrobiło się ostrzej.

Samanta delikatnie przygryzła dolną wargę Rachel.

Potem kontynuowali pocałunek językiem.

Kiedy się całowali, Samanta sięgnęła i podniosła sukienkę Rachel.

Następnie skierowała czubek penisa na pasku do ust Rachel.

Rachel stojąc, rozłożyła nogi.

Dildo wycelowane w jej cipkę.

„Teraz będę cię penetrować" – szepnęła Samanta do ucha Rachel.

„Bądź delikatny".

„Nie" – szepnęła Samanta.

Gdy obie kobiety pozostały splecione, Samanta pchnęła mocno i weszła w cipkę Rachel, powodując słyszalne westchnienie.

Samanta pchnęła jeszcze raz i weszła głębiej.

Obiekt seksualny stawał się coraz głębszy.

W pewnym momencie dziewięciocalowy obiekt seksualny został całkowicie zakopany w cipce.

Rachel jęczała, a jej nogi się trzęsły.

Samanta pokazała swoją siłę fizyczną, mocno chwytając oba uda Rachel w powietrzu.

Rachel była całkowicie nad ziemią, jej ręce zwisały z liny pod sufitem.

Jej stopy i pięty kołysały się dziko, a Samanta trzymała ją za nogi.

„Nie walcz" – powiedziała Samanta, podtrzymując gospodynię domową w powietrzu. „Im więcej walczysz, tym bardziej będzie to bolało. Poddaj się mnie".

Samanta odchyliła się do tyłu i wykonała kolejny mocny pchnięcie, wpychając wibrator głębiej w cipkę.

Dłonie Samanty mocno trzymały nogi Rachel.

Rachel zawisła w powietrzu, gdy domina w nią weszła.

Oni się pieprzyli.

Patrzyli sobie w oczy.

Rachela płakała i jęczała.

Ale nigdy nie powiedziała Samancie, żeby przestała.

Nie miała odwagi, ale też nie chciała.

To była część treningu i zaczynało sprawiać przyjemność, gdy jego ciało dostosowywało się do rozmiaru.

Jego włosy były w nieładzie, podobnie jak stopy.

Lubiła być pieprzona przez Samantę.

Jego ciało stanęło w ogniu.

Rachel bolały nadgarstki.

Skóra wokół jej nadgarstków przybrała ciemny odcień czerwieni, gdy jej ciało zawisło w powietrzu.

Ale ból w nadgarstkach był niczym w porównaniu z uczuciem, jakie odczuwała jej cipka.

Duża zabawka erotyczna pobudziła nerwy w jej cipce, o istnieniu których nie miała pojęcia.

Naciski trwały nadal.

Krzyczała i krzyczała.

Płakała i płakała.

Jęczała i jęczała.

„Przyjdź po mnie" – powiedziała Samanta, patrząc z przyjemnością na gospodynię domową. – Chodź po mnie, stara, brudna dziwko.

Rachel wypchnęła biodra.

"Nie jestem stary!"

Orgazm przeszył jej ciało.

Rachel krzyczała ile sił w płucach.

Jego plecy wygięły się gwałtownie.

Rzuciła buty na wysokim obcasie przez pokój.

Płyny z pochwy Rachel rozpryskały się na wszystkie strony, pozostawiając sprzątaczce poważne zadanie.

Gdy orgazm ustał, oczy Rachel wywróciły się do tyłu, a jej ciało zrelaksowało się.

Samanta uwolniła się z uścisku, a Rachel zwisała w niemal ponurym stanie na linie owiniętej jej nadgarstkami.

Samanta opuściła linę, a półprzytomne ciało Rachel leżało na podłodze w kałuży jej własnych gorących soków.

Kiedy Rachel mogła otworzyć oczy, zobaczyła Samantę zdejmującą gorset i pozostającą całkowicie nagą.

Rachel nie mogła powstrzymać się od zazdrości idealnego nagiego ciała Samanty.

Samanta usiadła na podłodze i bawiła się włosami Rachel.

„Roger ma szczęście, że ma taką orgazmiczną dziwkę jak ty" – uśmiechnęła się całkowicie naga Samanta.

„Nigdy wcześniej tak nie przychodziłem. Nigdy".

„Cieszę się, że ci służę. Ale pamiętaj, ja jestem dominacją, a ty podporządkowaną. To dla mojej przyjemności, nie twojej. A jak dotąd jeszcze nie doszłam".

Rachel uniosła brwi.

"Co masz na myśli?"

„Czy kiedykolwiek jadłeś cipkę?"

"NIE."

„Jaką jesteś dziewicą we wszystkim. Przypełzaj do mnie. Połóż twarz między moimi nogami".

Rachel zrobiła, co jej kazano.

Czołgał się, aż jego twarz znalazła się kilka cali od jej cipki.

„Pocałuj mnie w usta" – nakazała Samanta, odnosząc się do własnej pochwy. „Uwielbiam być całowany".

Rachel posłuchała, całując zewnętrzną warstwę gładko ogolonej cipy Samanty.

„Liż to jak lizak. Potem wsuń język, jakbyś nie jadł od kilku dni".

Rachel wykonywała polecenia, liżąc swoją cipkę i smakując zewnętrzne płyny.

Jego język dotykał każdego punktu warg.

Następnie wsunął język do środka, liżąc i ssąc.

Po raz pierwszy zjadła cipkę i zdała sobie sprawę, że smakowała dobrze.

„To dobrze" – jęknęła Samanta. „Tak trzymaj. Liż jak dobry kotek".

Ta niegdyś skromna, prymitywna i przyzwoita gospodyni domowa szybko stała się ekspertką w zjadaniu waginy.

Lizała i ssała z entuzjazmem.

Jego język poruszał się w górę i w dół.

Chwilę później Samanta przyszła z przenikliwym krzykiem.

Nogi jej drżały, po czym uspokoiła się.

Oczy Samanty rozbłysły.

„Mój Boże. Kto by pomyślał, że potrafisz to zrobić tak naturalnie?"

Rachel uśmiechnęła się i oparła głowę na udzie Samanty.

"Dobrze wiesz".

"Więc uważasz?" – zapytała retorycznie Samanta.

Rachel pocałowała dominę w udo.

"Tak."

Obie kobiety kontynuowały chwilę wzajemnego pocieszenia.

Rachel zamknęła oczy i ponownie oparła głowę na udzie dominatrix.

Samanta spojrzała na piękną gospodynię domową i pogłaskała ją po włosach.

ROZDZIAŁ 14

Dni po.

Po odebraniu bagażu Rachel pchała wózek, w którym znajdowały się dwie walizki: jedna z jej normalnymi ubraniami, druga z tą, którą dała jej Samanta.

Zobaczyła męża czekającego na zewnątrz.

Szerokie uśmiechy wróciły.

Roger był szczęśliwy, widząc swoją żonę tak dobrze opaloną i zrelaksowaną.

Pobiegł w stronę Rachel.

Zatrzymała wózek i mocno go uściskała, dusząc.

To był wyjątkowy moment.

Chciała, aby ten dzień był nowym początkiem ich małżeństwa.

„Bardzo za tobą tęskniłem" – powiedział Roger.

Rachel przyłożyła usta do jego ucha i szepnęła: „Zabierzesz mnie do domu i przywiążesz do łóżka w pokoju. Potem wepchniesz mi swojego kutasa do gardła. A potem będziesz się pieprzyć mnie. Zrozumiałeś?

Cofnął się nieco, aby lepiej przyjrzeć się żonie, oszołomiony jej wulgarnym językiem.

W oczach Rachel pojawił się szczególny błysk.

głód

Pożądanie.

Roger zdał sobie sprawę, że jego żona jest inną kobietą.

Roger skinął głową, przyjmując zaproszenie.

Rachel uśmiechnęła się i pocałowała go.

KONIEC

Don't miss out!

Visit the website below and you can sign up to receive emails whenever Erika Sanders publishes a new book. There's no charge and no obligation.

https://books2read.com/r/B-A-IGGS-ALPNC

BOOKS 2 READ

Connecting independent readers to independent writers.